L'ETNA

Le plus grand volcan actif d'Europe se trouve en Sicile, au nord de la ville de Catane. Son sommet, le cratère nord-est, culmine actuellement à 3350 mètres d'altitude. À ses côtés, la Voragine (gouffre en italien) et la Bocca Nuova (Bouche Nouvelle), que l'on appelle aussi Piccola Voragine (le petit gouffre). Un quatrième cratère s'ouvre un peu en contrebas: le cratère sud-est.

Les flancs de l'Etna sont parsemés de plus de 250 cratères adventifs nés lors des multiples éruptions passées. Les médias annoncent parfois que «l'Etna s'est réveillé». En réalité, il ne dort presque jamais totalement. Son activité varie simplement de la petite coulée de quelques mètres à la fontaine de lave de plusieurs centaines de mètres de haut ou au nuage de cendres de plusieurs kilomètres.

Si l'Etna n'est pas un volcan explosif, ses coulées de lave peuvent recouvrir les cultures, couper les routes, les voies ferrées, détruire les habitations ou même parfois des villages entiers comme Bronte en 1651 ou Mascali en 1928.

Malgré ces risques, la fertilité des sols volcaniques maintient les agriculteurs sur les pentes du Mongibello (la montagne des montagnes).

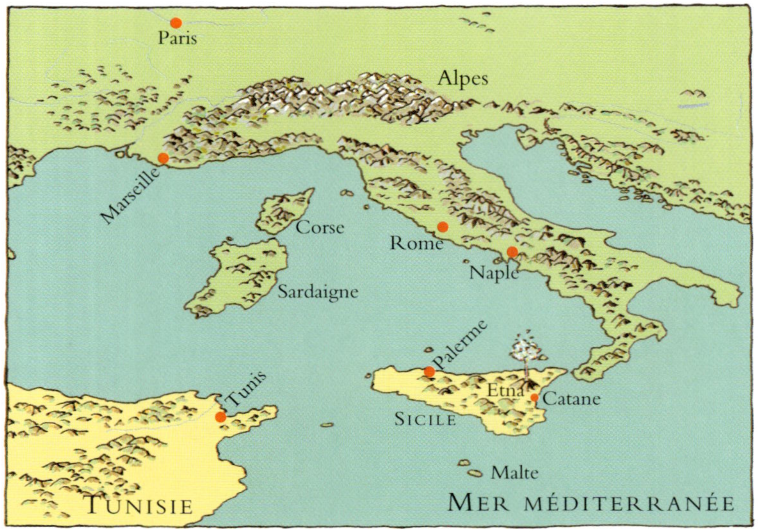

Loi n° 49.956 du 16 juillet 1949 sur les publications destinées à la jeunesse : mars 2001
Dépôt légal : mars 2003
Imprimé en France par I.F.C. à Saint-Germain-du-Puy

Fabian Grégoire

Nuit sur l'Etna

ARCHIMÈDE
l'école des loisirs
11, rue de Sèvres, Paris 6e

Déjà 8 heures du soir… Qu'est-ce qu'elle fabrique ?

Grand-mère est descendue au village avec son voisin Gino pour mettre ses meubles en lieu sûr. Car une fois de plus, l'Etna est en éruption. Et la lave dévale le versant du volcan où est construite la maison. Habiter là est risqué, mais comme le sol est très fertile, de nombreux agriculteurs s'y installent.

Si ça se trouve, la lave va passer à côté comme il y a deux ans, on aura évacué pour rien et moi j'aurai perdu trois jours de vacances !

Et si je partais à sa rencontre ? Grand-mère sera contente de me voir. Je n'ai qu'à prendre le chemin qui longe le vallon où coule la lave.
À première vue, ça ressemble à un simple tas de cailloux noirs et fumants. Mais voilà : lorsque l'un de ces rochers bascule, il éclate en un feu d'artifice de braises… et le spectacle est extraordinaire.
Quelle chaleur ! Elle me brûle le visage malgré la distance.

Mais qu'est-ce que je vois ?! Cent mètres après le premier virage, une deuxième coulée rejoint la première au fond du vallon.

Le chemin du village est coupé par la lave. Je suis prise au piège ! Au secours, grand-mère ! Mais grand-mère ne peut pas m'entendre…

Moi qui voulais juste contempler tranquillement la coulée qui s'approchait ! Maintenant, il me semble que la lave brûlante veut se venger, m'engloutir pour me punir de ne pas avoir eu peur d'elle.
Grand-mère, où es-tu ? Et la maison, que va-t-elle devenir ? Je suis perdue…

Pourtant, au milieu du brasier, il me semble soudain entendre des cris : « Silvia !… Silvia !… »

C’est moi qu’on appelle ! En me retournant, j’aperçois deux personnes en train de me faire de grands signes près de la maison de grand-mère. Fuyant la lave, je cours les rejoindre…

Comment ces gens-là me connaissent-ils ? Je ne les ai jamais vus, moi.
L'homme s'approche de moi tandis que sa compagne fouille dans les valises que grand-mère avait préparées devant la porte.
« Calme-toi Silvia ! Nous sommes venus te chercher ! Il faut vite partir d'ici !
– Partir ? Pour où ? Et qui êtes-vous ?

– On n'a pas le temps de parler maintenant ! Dépêchons-nous ! »
La femme enfourne plusieurs de mes vêtements dans son sac à dos.
« On peut y aller ! » dit-elle.
Je me penche pour ramasser tous les habits qu'elle a éparpillés, mais l'homme me soulève de terre et m'emporte en courant vers le sommet du volcan, suivi par la femme.

Je me mets à hurler de colère et de peur: «Vous êtes fous! Il ne faut pas aller par là! C'est dangereux! Grand-mère me l'a dit! Elle ne veut pas que j'y aille...!»

Je me débats de toutes mes forces, je donne des coups de pied, des coups de poing, j'ai l'impression que cet homme est un ogre qui va me jeter dans la fournaise pour me faire rôtir vivante!

Mais après quelques centaines de mètres, il s'arrête : « Regarde en bas ! dit-il. Je ne pouvais tout de même pas te laisser là ! »
En effet, la coulée vient d'atteindre la maison. Le toit est déjà à moitié effondré, et la roche en fusion recouvre lentement les vignes et le potager.
Au contact de la lave, l'eau du bassin s'est transformée en vapeur et une colonne de fumée blanche monte vers le ciel.

Je ne peux m'empêcher d'éclater en sanglots en appelant grand-mère…
«Ne pleure pas, Silvia, dit la femme. N'aie pas peur. Ta grand-mère est saine et sauve. À son retour du village, elle s'est trouvée bloquée par la coulée. Alors, elle a tout de suite prévenu les carabiniers. Ils nous ont appelés par radio pour qu'on vienne te chercher. Nous sommes volcanologues. Moi je m'appelle Alice, et lui c'est Antonio. Pour l'instant, nous sommes coincés entre deux coulées. La seule solution, c'est d'escalader l'Etna pour nous mettre à l'abri et contourner la lave par le haut. Voilà pourquoi nous t'avons “enlevée” un peu brusquement !»

La nuit tombe. Nous avons progressé lentement à travers la forêt, puis à découvert en direction du sommet. La végétation a disparu. Nous montons dans un désert de pierres et de cendres. De temps en temps, Antonio me pose pour prendre des photos. Je marche un peu, mais je remonte sur ses épaules le plus vite possible car l'ascension est très fatigante.

«Où allons-nous, Antonio ?
– À notre camp de base. Tu verras, il est très bien situé pour observer l'éruption.
Encore une petite heure de marche et nous y serons.»
À cet instant précis, nous arrivons au sommet d'un monticule.
Le spectacle qui se déroule sous mes yeux me laisse sans voix.

Dans un grondement de tonnerre, un gigantesque torrent de lave dévale le flanc de l'Etna. Par endroits, le flot jaune d'or bouillonne en cascade ou au contraire ralentit pour former des lacs rouge orangé. On entend parfois des explosions sourdes ou des sifflements.

« Ce sont les gaz qui s'échappent du magma, c'est-à-dire de la roche en fusion », m'explique Alice.

Antonio me reprend sur ses épaules, et notre expédition repart. Mais je ne quitte pas des yeux ce panorama fantastique.

Encore plus haut, nous arrivons à la source de l'une des coulées. Le torrent de lave sort à toute vitesse d'un large tunnel fumant. Au loin, on entend des explosions violentes, et je devine que la crête vers laquelle nous montons cache un spectacle encore plus fantastique…

Et c’est vrai. Sur le plateau où les volcanologues ont installé leur campement, à environ 2500 mètres d’altitude, je me retrouve en face d’un volcan en folie. Ça claque, ça craque, ça explose de tous côtés. Des lambeaux de lave sont projetés dans les airs et retombent en pluie de feu sur le versant opposé au campement. C’est beau. C’est plus que beau : c’est féerique.

Tous les scientifiques présents viennent me saluer comme si j'étais des leurs. Puis Alice m'emmène au poste de radio pour que j'appelle grand-mère.

« Où es-tu ? Madre mia, sur le volcan ?

– Oui, c'est incroyable ! Mais tu sais, grand-mère, la maison

– Je sais. Je m'en doutais. Du village, quand j'ai vu la fumée blanche, j'ai compris que c'était l'eau du bassin. Ça devait arriver. L'essentiel, c'est que toi, tu sois debout ! Même si, à l'heure qu'il est, tu devrais plutôt être couchée ! »
Je comprends qu'elle tente de me cacher son émotion en faisant de l'humour.

Alors que je rends les écouteurs à Alice, une espèce d'abominable robot terrifiant surgit en agitant les bras ! Je tombe à la renverse.

« Coucou Silvia ! N'aie pas peur ! C'est moi, Antonio !

– Ah non, ça suffit comme ça, les surprises !

– C'est une combinaison qui protège de la chaleur, m'explique Alice. Elle nous permet d'approcher les coulées ou les cratères de très près sans nous brûler... »

Tout autour, les volcanologues se préparent pour une expédition sur le rebord même du cratère, qu'on appelle la lèvre. Son activité se calme peu à peu.
« C'est le plus grand cratère de l'Etna ?
– Non, me répond Alice, c'est un cône adventif, c'est-à-dire un petit cratère qui vient de se former pendant l'éruption. Comme un mini-volcan qui pousse sur le flanc du volcan principal. Mais c'est aussi intéressant à observer... »

Une heure plus tard, blottie dans un sac de couchage, j'observe avec Alice le déroulement des opérations.

«Pourquoi vont-ils si près du cratère ? C'est dangereux, non ?

– Un peu. Mais nous avons bien étudié son activité, et ils savent à quel moment ils peuvent s'approcher. Et puis, pour comprendre comment fonctionne un volcan et tâcher de prévoir les éruptions le mieux possible, il faut le voir de près.»

Grâce aux jumelles, je peux voir les volcanologues au bord du gouffre brûlant. Bardés de toute une panoplie d'instruments, les scientifiques vont et viennent le long du cratère. Parfois, le souffle chaud du volcan les repousse.

« Qu'est-ce qu'ils font ?

– Ils essaient de mesurer la température et la vitesse des gaz qui sortent du magma », m'explique Alice.

Le spectacle est passionnant mais la fatigue est la plus forte. Je m'endors…

Le lendemain matin, Antonio me réveille juste à temps pour voir le soleil se lever sur la Sicile. Je me force à prendre un copieux petit déjeuner car nous avons prévu de monter jusqu'au sommet de l'Etna. Nous devons ensuite redescendre par le versant ouest. Plus bas, sur le chemin, une voiture doit venir me chercher.

Vers huit heures, notre petite troupe se met en marche.

«Salut, mini-cône adventif! dis-je en passant près du petit volcan de la veille qui semble assoupi.

– Dis donc, Silvia, tu as bonne mémoire, dit Antonio en riant. Et tu es bien familière !»

Je suis décidée à marcher moi-même jusqu'en haut. Pourtant, après une demi-heure, la raideur de la pente et le manque d'oxygène m'obligent à réclamer une petite place sur les épaules d'Antonio.

Heureusement qu'il est là, car il nous faut plus d'une heure et demie pour atteindre le sommet de l'Etna, à 3350 mètres d'altitude.
Encore une fois, je reste muette d'admiration.
Le sommet du volcan est percé de trois énormes gouffres verticaux de plusieurs centaines de mètres de profondeur.

«Le cratère qui crache des cendres, crie Antonio, on l'appelle le cratère nord-est. Celui qui fume, c'est la Voragine. Et le troisième, au-dessus duquel nous sommes, c'est la Bocca Nuova. Ils ont environ 300 mètres de diamètre chacun.»
Le vent tombe un instant. Profitant d'une accalmie, nous nous approchons du bord de la Bocca Nuova.

Antonio et ses collègues semblent avoir l’habitude des gouffres vertigineux. Ils se penchent tout au bord pour tenter de voir le fond du cratère.

« On ne va pas rester, me crie Alice. Si le vent tourne, on risque d’être pris dans le nuage de cendres. Et puis, ta grand-mère t’attend plus bas dans une voiture. Il ne faut pas la faire trop attendre. »

C’est ainsi que, vingt minutes plus tard, après une descente rapide à travers un tas de cendres volcaniques, je peux enfin me jeter dans les bras de grand-mère, avant de faire mes adieux à Alice et à Antonio.

Des adieux ? Je n'en suis pas si sûre... Car Alice et Antonio m'ont promis de me rendre visite lorsque leur mission sur l'Etna serait finie.

Et puis, dans la voiture qui me ramène vers les zones habitées, tandis que je raconte à grand-mère toutes les choses merveilleuses que j'ai vues cette nuit, je me rends compte que je viens de trouver ma vocation.

Je ne sais pas si j'aurai un jour l'occasion de revivre une aventure aussi passionnante, mais une chose est sûre : plus tard, je serai volcanologue !

On trouve des volcans dans le monde entier. Ils apparaissent à la surface du globe à des endroits où la fragilité de la croûte terrestre permet au magma de remonter à la surface de la terre. Le magma, sur lequel la croûte terrestre flotte comme un bateau sur la mer, est chargé de gaz sous pression. Ce sont ces gaz qui permettent au magma de remonter à la surface de la terre. Pour remonter, il suit un tunnel vertical que l'on appelle la cheminée d'alimentation.

Lorsque le magma atteint la surface, il perd tous ses gaz, on l'appelle alors lave. Cette lave, projetée dans les airs retombe autour de l'extrémité de la cheminée : le cratère, pour former un relief plus ou moins régulier, souvent en forme de cône.

Les volcans sont tous différents, mais on peut distinguer deux grandes familles :

Coupe de volcan

1. Les volcans effusifs : leur lave est liquide et ne retient donc pas les gaz. Elle ne peut que s'écouler plus ou moins calmement.

2. Les volcans explosifs : leur lave est visqueuse (épaisse) et parfois même presque solide. La pression des gaz s'y accumule jusqu'au moment où elle est trop forte et fait exploser la lave où le volcan lui-même…

Ce sont les volcans explosifs qui sont les plus dangereux. Ce sont eux qui expulsent les redoutables nuées ardentes, véritables avalanches de gaz et de roches brûlantes dont la vitesse peut atteindre les 600 km/h, et qui détruisent tout sur leur passage. On trouve des volcans explosifs au Japon, en Amérique du Sud, en Indonésie, etc. Sans compter les nombreux volcans sous-marins.

Formes de volcan

Volcan à lave liquide : la lave s'étend presque à l'horizontale autour de la cheminée

Volcan à lave visqueuse : les débris de lave se soudent entre eux

Cône formé de cendres : les débris ne sont pas soudés entre eux

Volcan sous-marin

Caldera : suite à une forte éruption, le sommet du cône s'effondre dans la cheminée

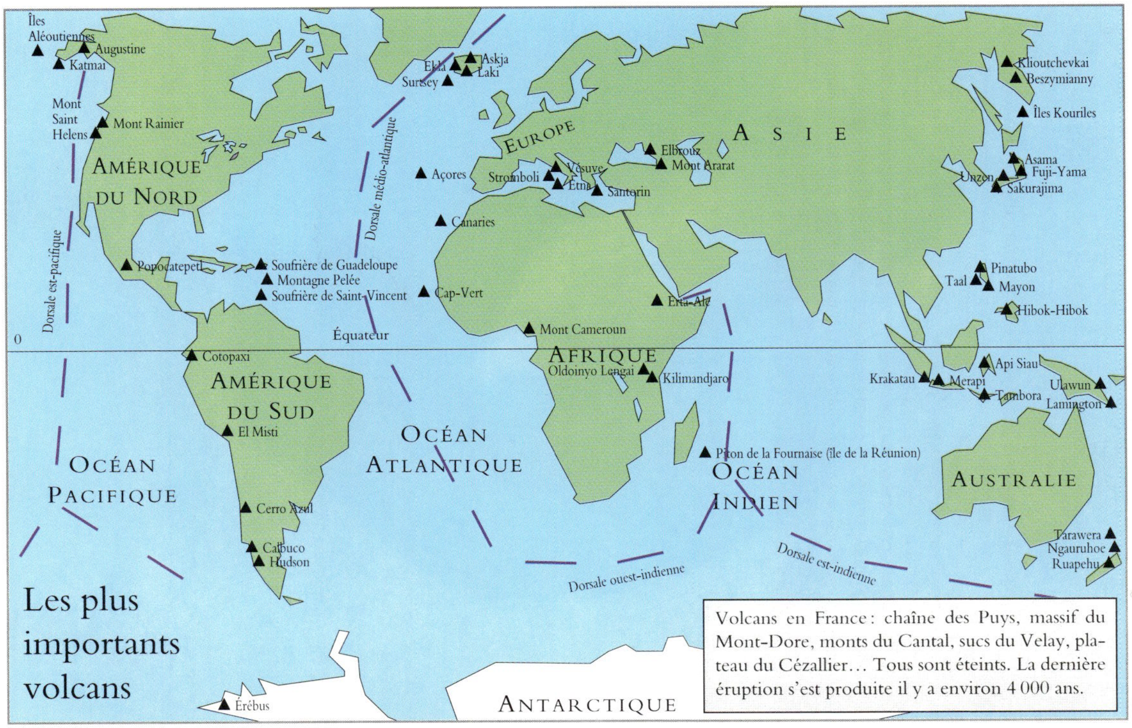

Volcans en France : chaîne des Puys, massif du Mont-Dore, monts du Cantal, sucs du Velay, plateau du Cézallier… Tous sont éteints. La dernière éruption s'est produite il y a environ 4 000 ans.

Sites internet : http://udgtls.dgt.uniud.it/seismol/strombol.htm http://perso.club-internet.fr/rivierec http://perso.infonie.fr/fretard

Pour découvrir l'univers des volcans : Vulcania-Parc http://www.vulcania.com